PANPHEMIUS.

LES HALLUCINATIONS

DE MON AMI

PANPHEMIUS

PAR

Martin CHEDEAU.

A ISSOUDUN,

CHEZ COTARD ET BREILLAT, IMPRIM.-LIBRAIRES.

1849.

IMPRIMERIE DE H. COTARD, A ISSOUDUN.

AVIS AU LECTEUR.

Tout ce que renferme cette brochure, soit la prose, soit la poésie, est écrit en thèse générale, et je prie instamment le lecteur de ne faire aucune application et de n'y voir aucune personnalité : soit dit une fois pour toutes.

LETTRE

D'ATHANASE A THÉOPHILE,

ou

Les Hallucinations de mon ami Panphemius.

Oui, mon cher bon ami, je me tiens pour battu et je dépose les armes. Tu m'as convaincu que j'ai tort de courir ainsi de tous côtés à la recherche du bonheur. C'est que, vois-tu, je trouve que tu parles comme un véritable professeur de rhétorique ; je t'en reconnais toutes les qualités, excepté le pédantisme, et, quand je le pourrai, je te promets de bien m'employer pour te faire obtenir une chaire.

Raillerie à part, tes comparaisons m'ont paru justes et charmantes. Tu devrais te livrer à la poésie un peu plus fréquemment que tu ne l'as fait par le passé ; je suis persuadé que tu y excellerais en fort peu de temps, si tu voulais t'en donner la peine.

Tu me compares d'abord à un voyageur altéré qui court avidement après les eaux claires et limpides, mais chimériques, que lui présente le mirage, et qui, arrivé au but de sa course, n'y trouve plus qu'une terre aride et des cailloux brûlants, et voit par là sa soif rendue encore plus grande. Oh ! c'est bien vraiment cela, je l'avoue !

Dans ta seconde comparaison, tu me dis que je ressemble à un autre voyageur qui, ayant quitté volontairement sa route pour chercher des fleurs, des nids d'oiseaux ou de dangereux champignons, est surpris par les ténèbres de la nuit ; il s'égare, il prend et quitte tour-à-tour tous les chemins et les sentiers qu'il rencontre sur son passage, et quand le jour paraît, il est tout étonné, tout stupéfait en reconnaissant qu'il s'est épuisé de fatigue pour suivre une direction tout opposée au but de son voyage. Oh ! c'est encore parfaitement cela !

Ceci me rappelle une pièce de vers qu'un de mes amis a faite sur le même sujet et que je te prie de me permettre de te citer ici ; elle est de M. Placide Doury, homme doué d'une grande intelligence et d'un cœur d'or, mais qu'un revers de fortune et un dévouement sublime viennent de séparer de sa respectable famille.

Sous une autre image, il peint agréablement bien les déceptions dont l'homme est dupe en courant après ce fantôme que l'on appelle le bonheur. La voici :

Il est sur la montagne
Une fleur, doux trésor,
Coquette de campagne
Avec son bouton d'or,
Sa blanche colerette
Aux dentelles d'azur,
Qui se cache seulette
Au pied d'un chêne obscur.
Le voyageur surpris, que son éclat fascine,
Gravit, pour la cueillir, le flanc de la colline ;
A peine a-t-il du doigt touché l'aimable fleur,
Sa corolle effeuillée a fui, blanche vapeur.
Ainsi fuit le bonheur, fleur d'un jour, qui s'effeuille
Comme la sensitive, aussitôt qu'on la cueille ;
Fleur moqueuse, en nos mains prompte à se dessécher,
Qui s'entr'ouvre au regard et se ferme au toucher.

Tu ajoutes à la fin de ton sermon : « Toutefois, sachons bien distinguer : le désir du bonheur n'est pas précisément ce que nous devons blâmer dans l'homme, mais seulement l'erreur qui le lui fait chercher où il n'est pas. Le désir du bonheur est à mon avis un des plus savants et des plus admirables coups de pinceau du peintre. »

Tu me permettras de te dire, mon bon ami, que tu n'as pas assez longuement expliqué cette pensée; je blâme ta concision à ce sujet, et j'espère qu'une autre fois tu épargneras un peu moins ton encre.

Mon bon Théophile, que j'aurais aimé voir cet homme que tu me peins rougissant jusqu'au blanc des yeux quand il s'est vu surpris par toi au moment où il faisait à cette pauvre Solange, dont le mari était malade, une double aumône, l'aumône si douce des consolations et l'aumône si généreuse de plusieurs pièces de cinq francs.

Je l'aime bien encore quand il fait l'office de juge de paix à l'égard de ces petits enfants qui, ayant pêché en commun, se disputaient pour faire le partage du fruit de leur pêche; quand il fait autant de parts à peu près égales qu'il y avait d'enfants, exceptant malicieusement le petit Théodule, qui, n'ayant rien pris, prétendait néanmoins choisir les meilleurs et les plus gros. Mais surtout, où je l'aime le plus, c'est lorsqu'au moment où le petit condamné se retire en le maugréant et en injuriant ses camarades, de juge il se fait médiateur, et les engage à lui pardonner et même à se montrer généreux envers lui en lui donnant chacun un poisson ou deux, ce qu'ils font sur-le-champ et de la meilleure grâce du monde, rendant par là sa part à peu près aussi bonne que les leurs.

Oh ! j'ai gravé pour jamais dans mon cœur cette leçon qu'il leur donne ensuite en les embrassant tous affectueusement. « Mes petits amis, vous trouverez sur le chemin de la vie bien d'autres sujets de dispute, et bien autrement graves que celui qui vous irritait tout-à-l'heure les uns contre les autres. Ayez donc bien soin de vous conformer toujours et en toutes choses aux règles de la plus stricte équité, si vous ne voulez pas faire votre malheur et celui de vos semblables. »

Qu'il devait avoir l'air grave et solennel, en prononçant ces mots !

Je regrette grandement que tu n'aies pas osé lui demander son nom. Il est toujours bon de connaître l'adresse des gens doués d'une belle ame et d'un bon cœur.

Mais je m'aperçois que je te répète toute ta lettre : c'est une preuve qu'elle ne me déplaît pas.

Tu la termines en m'invitant à te faire part de tout ce que je pourrai apprendre d'intéressant. J'accepte bien volontiers ta proposition, à la condition toutefois que tu feras de même de ton côté : bien persuadé que je ne serai pas le plus mal partagé ; car, dans le trou que j'habite, il m'arrivera rarement de trouver de quoi satisfaire convenablement ta curiosité.

Voici donc, pour commencer, ce que j'ai à t'écrire aujourd'hui.

Je me rendais à Bourges pour voir un des parents de ma femme, qui se fâchait sérieusement de ce qu'il ne m'avait pas vu paraître chez lui depuis quelques années. En arrivant à Saint-Florent, je m'aperçus que mon cheval boitait; je descendis pour en rechercher la cause, et ayant reconnu qu'il était déferré. je le conduisis chez le maréchal. L'idée me vint de profiter de cette occasion pour rendre aussi en passant une petite visite à Théotime Bonfranc, que je n'avais pas revu depuis quatre ans au moins; et, après avoir prié le maréchal de me faire prévenir quand mon cheval serait prêt, je me dirigeai vers la demeure de mon vieil ami.

Je trouvai là Ernest, Octave, Alfred, et quelques autres personnes que tu ne connais pas. En entrant je remarquai que toutes les figures étaient graves et sérieuses, et, après les civilités d'usage, je demandai à Théotime quel était le sujet de la conversation.

Nous avons parlé de tout, me dit-il, depuis les abeilles, dont Ernest est grand amateur, comme tu sais, jusqu'aux affaires de la République, jusq'aux diverses opinions qui travaillent aujourd'hui la France et l'Europe entière, et dans le moment où tu entrais, Octave se disposait à nous raconter l'accident ou l'aventure merveilleuse qui vient d'arriver à son ami Pauphemius.

Oh! en ce cas, répondis-je, que je ne vous interrompe point; mais je désire avoir ma part au gâteau, et je te prie, mon bon Octave, de vouloir bien raconter devant moi l'aventure de ton ami.

Aussitôt Octave commença ainsi :

CE QU'IL EST.

Mon ami Panphemius est un petit homme tout républicain depuis les pieds jusqu'à la tête; il ne rêve que le bonheur de tous; il n'aime que la justice et la vérité. C'est un homme qui aurait été capable, au temps où il existait des tyrans, de dire au tyran le plus terrible : « Vous en avez menti ! » ou bien : « Ce que vous faites là est une injustice ! »

Aussi, il a bon nombre d'ennemis, mon cher bon ami Panphemius, et cela au point que si la république rouge était venue, il espère bien que sa tête ne tomberait pas des dernières; car il n'aime pas la république rouge, qu'il appelle la république des niveleurs, des fainéants, des débauchés, des ivrognes et des pillards.

Il n'est pas non plus du nombre de ceux qui veulent et demandent que les chapeaux, les bonnets, les souliers, les bas, les pantoufles, les vases de nuit, les châteaux, les prés, les bois, les vignes, les terres, les femmes, les enfants, les peignes, les perruques et les seringues, que tout enfin soit mis dans un petit magasin pour les commodités et l'usage commun de tous.

Il a tort, à mon avis, et je le blâme souvent de ne pas aimer cette république-là; car, voyez-vous, je me figure que cela devrait faire un charmant petit ménage.

Pour lui, il demande une république juste, sage et raisonnable, une république qui fasse le bonheur de tous les citoyens sans qu'il puisse en coûter un cheveu à qui que ce soit. C'est que, voyez-vous, il se vendrait, il se sacrifierait, il se saignerait, il s'écorcherait vif, il se couperait en morceaux, il affronterait mille et mille fois la mort, quand il s'agit de procurer le bonheur des autres.

Mais, me direz-vous, et avec tout cela Panphemius a des ennemis? Eh! mais très certainement il a des ennemis, et en très grand nombre, je vous assure! et cela est tout naturel, car, voyez : comme mon ami Panphemius n'aime pas l'injustice, l'égoïsme, et le mensonge, et que la plupart des hommes sont menteurs, égoïstes ou injustes; comme mon ami Panphemius est toujours prêt à obliger, à rendre service, et que la plupart des hommes paient les services reçus comme le serpent de Lafontaine, qui voulut mordre celui qui l'avait réchauffé; il suit de là tout naturellement que la plupart des hommes le haïssent, le détestent, le calomnient et le persécutent de mille et mille manières.

Mais cela lui est fort indifférent, je vous assure, et quand on veut le plaindre à ce sujet il répond en souriant: « Mais, mon cher bon ami, les loups n'aiment pas les bergers, et les voleurs voudraient voir crever tous les chiens. »

Ses ennemis le traitent de bizarre, d'original et de méchant, quoique je ne lui aie jamais vu faire ni bizarreries, ni originalités, et que dans toute sa vie il n'ait peut-être pas donné une chiquenaude à un enfant.

Il en est même qui vont jusqu'à l'appeler fou, et cela à sa barbe, devant son nez!.... Quant à ce point, j'avoue que je ne vois rien là qui puisse étonner; car c'est un axiome reçu que tous les poètes sont fous, et mon ami Panphemius cultive un peu la poésie. Pour moi, je crois même que cet axiome n'est pas rendu assez général, et que l'on ferait bien de dire que tous les hommes, sans même en excepter les femmes, sauf le respect dû à leurs charmes et à leurs attraits, ont reçu en naissant ou par l'éducation, l'un plus, l'autre moins, chacun quelques petits grains de cette maladie.

Mais le bon de l'affaire est que celui qui

en a le plus se figure toujours en avoir le moins ; à peu près comme dans le partage des biens de famille, où l'usage est, comme vous savez, que celui qui a le plus volé ses frères ou ses cousins crie le plus fort qu'il a été volé par eux et montre une rancune bien mille fois plus enracinée que ceux qu'il a dépouillés de leur juste portion d'héritage. C'est peut-être que l'on ne saurait jamais se résoudre à regarder d'un bon œil ceux à qui l'on a fait quelque tort ou quelqu'injure, dans la crainte de se voir obligé à les réparer un jour.

Tout ce que je dis là de mon ami Panphemius n'est point pour faire son éloge : il n'en a pas besoin ; il n'en veut point, et même ce n'est pas un moyen bien sûr de gagner et de conserver son amitié. que d'user de cajoleries avec lui. Aux compliments il répond par une tournure de phrase si singulière qu'il vous ferme la bouche tout d'un coup et vous oblige souvent à rire de vous-même. Par exemple, un jour je lui disais : Mais comme vous êtes bon, mon cher bon ami ; comme votre esprit est rempli d'idées de bienfaisance!.....» Il me dit : « La première fois que je vis la cathédrale de Bourges, je m'écriai : Oh ! Dieu ! comme tu as une forme majestueuse ! et la cathédrale de Bourges me répondit : C'est l'architecte qui me l'a donnée. » Je ne cherche donc point à faire son éloge ; et d'ailleurs son éloge serait suspect dans ma bouche, puisque je vous l'annonce comme le meilleur de mes amis. Mon but, en vous parlant ainsi de lui, est d'abord de vous faire connaître un bon et franc républicain ; ensuite de rendre témoignage à la justice et à la vérité qu'il aime par-dessus tout ; puis enfin c'est pour vous dire que je suis dans une grande inquiétude à son égard et que je vous prie bien, si vous avez sous votre main quelque bon médecin, de me l'envoyer de suite pour que je le conduise auprès de lui ; car son amour de la justice et de la vérité et sa passion pour le bonheur du monde entier viennent de lui causer des hallucinations. C'est lui-même qui me l'apprend dans une lettre que je viens de recevoir de lui ce matin. Tenez.... pour que vous puissiez mieux juger de son état et bien choisir le médecin qu'il lui faut, voici sa lettre ; lisez.....

Et il jeta sur la table, non pas une lettre, mais tout un cahier d'écriture dont je m'emparai aussitôt, pour prouver, sans doute, que je savais bien lire ; mais Alfred me dit en souriant : « Attendez, Monsieur, s'il vous plaît ; les choses ne doivent plus se faire ainsi, et nous devons tout ramener au suffrage universel. Voyons.... aux voix !

On procède donc au scrutin, et le sort favorise Ernest.

Or, voyez jusqu'où peut aller l'égoïsme, cet esprit de préférence personnelle!.... je fus sérieusement piqué de cette élection!.... cependant, j'eus l'adresse de n'en rien faire paraître, et soudain cette réflexion me vint à l'esprit : Mais si tu as de l'ambition pour si peu de chose, pourquoi donc t'étonner de voir employer tant d'intrigues et de basses cabales, tant d'infâmes calomnies même, pour parvenir aux premières places de la République? et je m'écriai dans mon ame : Egoïsme!..... égoïsme!..... tu te montres partout! Oh! que de maux tu causes à la société!

Pendant mes réflexions, Ernest avait ouvert le cahier, et, après avoir toussé plusieurs fois, comme pour chercher le ton qu'il devait donner à son organe, il lut ce qui suit, non sans être interrompu bien des fois par Alfred, qui, lui aussi, un peu piqué de n'avoir pas été élu, chercha à s'en venger par mille petites taquineries qu'il fit à Ernest sur sa manière de lire.

SA LETTRE.

Mon cher bon ami,

Tu me connais parfaitement, toi : c'est pourquoi j'aime à te parler souvent cœur-à-cœur. Tu sais comme ton *Pater* tout le fond de ma pensée. Il te souvient qu'en Février je tressaillis mille fois d'allégresse, et qu'alors je chantai à gorge déployée :

Gloire à toi, peuple magnanime,
Oh ! gloire ! amour ! paix et bonheur !
Modèle admirable et sublime
Et de sagesse et de valeur, etc. (*)

Oh ! c'est qu'alors j'étais ivre de bonheur, ou, du moins, d'espérance pour le bonheur de tous, et je me disais : Oh ! que cela va être beau !... nous allons nous aimer tous.... nous allons nous chérir et nous caresser comme de petits pigeons. Oh ! que cela va être beau ! Puis, quand on parla des élections. tu te rappelles que je te disais : Oh ! pour le

(*) Voir à la fin, la seconde pièce du *Recueil de Poésies*.

coup il n'y aura plus d'intrigues ni de cabales. La vertu, le mérite, la probité, l'amour du bien public, le désintéressement, vont emporter d'emblée toutes les voix; nous n'aurons plus à rougir de honte en voyant de ces gens qui avaient l'effronterie de se prôner eux-mêmes. Allons.... allons.... allons... nous voilà dans la bonne voie.

Nous n'aurons plus le spectacle scandaleux de ces gens à grosses promesses vides d'effets, qui, pour mieux se faire valoir, déchiraient à belles dents leurs compétiteurs. Allons.... allons.... allons.... nous voilà dans la bonne voie!

Nous ne verrons plus de ces faméliques, de ces loups-cerviers de budgets, qui se disputaient les premiers morceaux, les premières places, pour être à même de procurer quelques bribes, quelques petites places subalternes à leurs pères, mères, oncles, tantes, cousins, cousines, femmes, enfants naturels ou légitimes, bâtards paternels, maternels ou collatéraux, ascendants ou descendants. Allons.... allons.... allons.... nous voilà dans la bonne voie!

Mais quand approcha le jour du scrutin, les bras me tombèrent en voyant tout le tripotage, et je fus forcé de croire que Février n'avait pu réussir à étouffer entièrement la vieille corruption née sous les rois. J'en ai vu tant!.... tant!..... tant!..... que mon cœur en a frémi et que j'ai cru entendre une voix de tonnerre qui criait sur la France : Malheur!. .. Malheur!....

Cependant, je me disais, en me frottant la tête : baste ! ce n'est peut-être plus qu'une petite réminiscence ! espérons que tout se fera pour le bien, et que le lendemain du dépouillement, toute effervescence, tout antagonisme auront cessé, et je m'endormis paisiblement sur cet oreiller de confiance en l'avenir.

Mais, hélas! bientôt mai et juin arrivèrent pour me tirer de mon assoupissement; dans ces jours d'épouvante, de désolation et de mort, je m'écriai :

Qu'il est sombre, le ciel, et couvert de nuages !
J'entends gronder la voix des terribles autans :
Ils sèment en tous lieux les foudroyants orages;
Et la terre en fureur dévore ses enfants ! (*)

Et je me disais : Mais, mon Dieu! d'où cela a-t-il donc pu venir? comment tant de gens qui, comme moi, ont salué avec l'ivresse du bonheur et de l'espérance la naissante aurore de notre jeune République, ont-ils donc pu se diviser et se déchirer ainsi, comme de véritables cannibales? et depuis ce

(*) Voir la troisième pièce du *Recueil de Poésies*.

temps je me répète chaque jour mille et mille fois la même question sans pouvoir jamais y trouver une réponse satisfaisante. Enfin, cette pensée m'attriste, m'afflige, me tourmente et m'accable si fort et le jour et la nuit, que je me vois aujourd'hui atteint d'hallucinations.

Voici ce dont il s'agit. Tu vas juger combien mon état est triste et alarmant.

SES HALLUCINATIONS.

LA VIEILLE FEMME.

Dimanche dernier je me figurai voir paraître devant moi une vieille femme, bien vieille et néanmoins remplie de beauté, de noblesse et de vigueur.

Ce qui me la fait appeler vieille, c'est que je n'ai point remarqué dans sa mise cette coupe élégante, cette recherche, cette fraîcheur et cette coquetterie que l'on admire dans la toilette des femmes de ce temps, même de celles qui sont sur leur soixantaine. Son costume était tout-à-fait simple, mais propre et rangé, au point qu'il n'y manquait pas une épingle; puis encore je l'appelle vieille parce qu'elle portait un bâton et des bésicles.

Elle m'aborda sans user de tous ces détours dont la politesse a tellement répandu l'usage chez tous les peuples civilisés; elle passa sa main sur mes yeux pour les essuyer, car ils étaient baignés de larmes; puis, d'une voix mâle et douce en même temps, sans être ni dure ni caressante, elle me dit: « Enfant, ne pleure plus, je vais te faire voir ce qui s'oppose au bien de la République, et le moyen de faire disparaître de la société des hommes les abus et les malheurs que tu déplores. »

L'HOMME FORT ET VIGOUREUX.

Soudain je vis un homme fort et vigoureux : un Samson pour la force, un Goliath pour la taille ; par suite des mauvais traitements et des injustices souvent répétées de ses maîtres, il était au paroxisme d'une exaspération nerveuse épouvantable, et ces hommes sans pitié cherchaient à l'enchaîner fortement et à le saigner copieusement malgré lui : il y en avait même qui parlaient de l'étouffer.

La bonne vieille s'approcha d'eux et leur dit : « Traitez-le avec beaucoup de douceur et de ménagements ; relâchez ses liens peu à peu, ne le saignez pas malgré sa volonté ; tâchez de le faire consentir à l'être légèrement, de loin en loin, et vous verrez qu'il se calmera. » Et ces hommes sans pitié lui riaient au nez et la regardaient en haussant les épaules, et ils se mirent à doubler ses liens et à le saigner aux quatre veines !.... et son sang était destiné à nourrir des pourceaux !....

Tout-à-coup, lançant des yeux ardents sur ses féroces persécuteurs, le géant leva la tête, et d'un mouvement interne des muscles, il rompit tous ses liens ; puis, bondissant comme un tigre, il saisit des deux mains deux colonnes qui supportaient tout l'édifice, les secoue, les arrache jusques aux fondements et s'écrase lui-même sous les décombres avec tous ses oppresseurs ; et tout disparut.

LA CHARRETTE.

Et je vis paraître à l'horizon une charrette chargée, et quoique la route fût bonne et bien entretenue dans toute sa longueur, je voyais le char pencher à chaque instant, tantôt à droite, tantôt à gauche, et je me disais : tiens, voilà qui est singulier ! et quand il fut arrivé près de moi, je vis que les rais vacillaient dans les mortaises des jantes et des moyeux. J'allais en faire l'observation au conducteur quand tout-à-coup les deux roues s'écrasèrent à la fois; et tout disparut.

LE VAISSEAU.

Et j'étais dans un port rempli de navires, et un vaisseau s'appareillait pour prendre la mer, et il bondissait sur les flots, svelte et léger comme une jeune fille qui danse sur le gazon au milieu de ses compagnes; on leva l'ancre, et des cris de joie et des salves d'artillerie, et des souhaits de bonheur partis des autres vaisseaux du port saluèrent son départ; il voguait à pleines voiles et pouvait filer je ne sais combien de nœuds ; mais à peine eut-il fait un demi-mille, que je le vis se dissoudre et tomber pièce à pièce, comme les vieilles branches pourries des chênes tombent dans les forêts quand elles sont chargées de neige, ou de pluie ; et le vent balaya toutes ces pièces et les emporta, Dieu sait où. Sur quelques-unes que les flots amenèrent près de moi, je vis une multitude de rats qui avaient rongé les cables et les cordages, et de vers de mer qui avaient réduit en poudre le bois des liens, des tenons et des chevilles, et qui continuaient encore leur œuvre de destruction sur ces malheureux débris du vaisseau ; et tout disparut.

L'ÉDIFICE SUPERBE.

Et j'étais en face d'un édifice superbe; tout m'en paraissait magnifique à l'extérieur. La vieille me dit : « Fais-en le tour et examine bien toutes ses parties au-dehors et au-dedans. »

Je lui obéis sur-le-champ : j'en fis le tour, mais sans rien remarquer, parce que j'étais tout pénétré d'admiration pour sa forme gigantesque et la délicatesse d'exécution qui avait, à ce qu'il me semblait, présidé aux magnifiques détails de son architecture grandiose. J'ouvris une porte, et dès que je fus entré je remarquai de tous côtés de grandes lézardes et des pierres énormes à moitié sorties de leurs assises. Tout l'édifice avait été fait en plaçant les pierres les unes à côté des autres, et les assises les unes sur les autres, sans couper les joints, et au lieu de mortier on avait mis entre toutes ces pierres et ces assises une espèce de pâte faite de sable et d'une substance corrosive.

Je me disposais néanmoins à entrer plus avant; mais un craquement épouvantable se fit entendre tout-à-coup et fut vingt-fois répété par les voûtes, qui, en ce moment, me parurent s'affaisser. Je criai à ma vieille : «Sortons vite, ou nous sommes écrasés! » et le monument s'écroula en effet tout entier, d'un seul coup, avec un fracas horrible et une force si étonnante, que tous ces énormes blocs de pierre furent réduits en poudre légère que le vent balaya; et tout disparut.

LA CARAVANE.

Et une plaine immense s'étendait à perte de vue de tous côtés, et dans cette plaine déserte je vis une caravane qui s'avançait semblable à une armée nombreuse, et, à la nuit tombante, la caravane arriva à l'entrée de vastes forêts où l'on entendait des bruits affreux.

Quelques-uns dirent : « Ce sont des cataractes ou des rugissements de lions ou d'autres bêtes féroces ; il faut camper ici pour le temps des ténèbres, et quand il fera jour nous enverrons des éclaireurs, et serrant nos rangs, nous avancerons à travers tous les obstacles, le feu et le fer à la main ; nous sommes assez nombreux pour passer sans danger, si nous pouvons voir les dangers. »

D'autres s'y opposaient et disaient : « Pour nous, qui sommes presque totalement démunis de vivres et qui avons hâte par conséquent d'arriver promptement dans des lieux où nous puissions en faire une bonne provision, nous sommes d'avis de pousser notre pointe : il en arrivera ce qu'il pourra ; ceux qui ne veulent pas marcher en avant sont des lâches qui s'effraient du cri d'une chouette; si nous les écoutons, ils nous feront mourir de faim dans ces déserts. »

Enfin, ils en vinrent aux menaces et à la violence, et contraignirent toute la caravane à s'engager sans guides au milieu des ténèbres de la nuit, dans ces forêts immenses et inconnues.

Bientôt après j'entendis de toutes parts des cris de douleur et de désespoir, et je les entendis pendant toute la nuit, et quand il fit jour je vis que tous, sans en excepter un seul, avaient péri en tombant dans des précipices ou dévorés par des bêtes feroces ; et tout disparut.

LA BARQUE DE PÊCHEURS.

Et je vis sur la mer une barque de pêcheurs, mécontents de ce qu'ils ne prenaient pas assez de poisson. Ils délibéraient entre eux et se disputaient à qui conduirait la barque dans des lieux où l'on pût en prendre davantage.

Les uns désignaient un vieux pêcheur qui avait donné mille fois des preuves de son expérience et de sa connaissance des lieux; mais le plus grand nombre se déclara pour un homme jeune, fort et robuste, dont l'occupation ordinaire, dans la barque, était de laver les filets et de saler le poisson.

Il poussa rapidement la barque vers d'autres lieux; mais quand ils y furent arrivés ils mouraient de faim, parce qu'ils n'y trouvaient rien du tout, et bientôt ils s'aperçurent qu'ils étaient engagés dans un labyrinthe d'affreux récifs, où la barque fut bientôt brisée par la lame, et ils périrent tous; et tout disparut.

L'INCENDIE.

Et je vis une vaste étendue de landes, entremêlées de champs cultivés chargés de récoltes d'une belle apparence et prêtes à mûrir; et l'on voyait çà et là des chaumières et des hameaux épars; et les habitants du pays délibéraient sur les moyens à prendre pour rendre toutes ces landes propres à l'agriculture. Quelques-uns dirent qu'il fallait les défricher toutes les unes après les autres et y passer et repasser la charrue plusieurs fois pour faire périr totalement les mauvaises herbes; mais le plus grand nombre désigna le feu comme le moyen le plus expéditif: on l'alluma donc en dansant autour, en se moquant de ceux qui s'y étaient opposés et en les injuriant de mille manières; puis chacun se retira chez soi pour y passer la nuit, dans l'espoir de trouver le lendemain la besogne toute faite. Elle le fut en effet : la flamme, poussée par un vent sec et violent, gagna bientôt les haies, les champs cultivés, les chaumières et les hameaux, qui furent tous réduits en cendres avec un grand nombre des habitants; et tout disparut.

LA VOITURE MAGNIFIQUE.

Et je vis une voiture magnifique, tirée sur ses quatre faces par un grand nombre de chevaux vigoureux, et je me disais : « S'ils tirent toujours de la même manière, ils ne veulent pas faire une longue route aujourd'hui. » Et les charretiers fouettaient, fouettaient, fouettaient.... ils pestaient, juraient, tempêtaient ; ils s'envoyaient l'un à l'autre mille injures et des cris de mort. Tout-à-coup la voiture magnifique se brise, et les chevaux ayant pris le mors aux dents, emportent ses débris vers les quatre points cardinaux ; et tout disparut.

LA MACHINE A VAPEUR.

Et j'étais à la gare d'un chemin de fer ; la locomotive entraînait avec la rapidité de l'éclair un grand nombre de wagons. Les chauffeurs se disaient : « Il faut décupler aujourd'hui la grande vitesse ; » et ils poussaient le feu avec violence. Bientôt la vapeur trop comprimée surpassa la force des parois de la chaudière, et l'explosion fut si épouvantable, qu'elle lança au loin les chauffeurs, les wagons et les voyageurs réduits en lambeaux et en poussière ; et tout disparut.

LE CONCERT.

Et j'assistais aux préparatifs d'un concert immense auquel des milliers d'artistes avaient été appelés à prendre part.

Le coryphée, ou maître d'orchestre, fit un signe pour commander l'attention ; puis il tira de son étui un magnifique diapason pour donner le ton à tous ; et je vis tous les musiciens s'occuper à chuchoter, à badiner, à folâtrer, à caresser leurs instruments d'une main légère, chacun suivant son caprice et sa fantaisie ; puis chacun tirant de sa poche un petit diapason particulier, régla son instrument sur le ton qu'il en obtint, et au signal donné ils partirent tous à la fois.

Alors il se fit un tel fracas, un tel vacarme, une telle cohue, une cacophonie si dure, si choquante et si déchirante pour l'oreille, qu'il me sembla que les chiens, les chats, les hiboux, les corbeaux, les chouettes, les tigres, les lions, les panthères, les chacals, les hyènes, enfin que toutes les bêtes féroces et tous les monstres de la terre s'étaient réunis pour donner au monde un immense, un épouvantable, un infernal charivari ; et tout disparut.

LE CIRQUE.

Aussitôt je me trouvai sur les gradins d'un vaste amphithéâtre ; il avait la forme et les dimensions de ces anciens monuments où les Romains aimaient à repaître leurs yeux de scènes de carnage.

Ce cirque était rempli d'une multitude d'hommes porteurs des figures les plus gracieuses, les plus charmantes et les plus bienveillantes du monde, et revêtus d'habillements divers de formes et de couleurs.

Quelques-uns allèrent chercher, dans un vieux galetas rempli de vieilles hardes délaissées, un vieux bouquin qu'ils voulaient, disaient-ils, rajeunir ; ils le foulèrent d'abord vingt fois aux pieds, ils crachèrent dessus, ils le barbouillèrent de taches en mille endroits ; puis, l'ayant apporté devant la multitude, ils le baisèrent avec un respect que je voudrais pouvoir appeler sardonique, comme on appelle rire sardonique celui que l'on attribue aux démons ; puis ils en détachèrent quelques mots qu'ils arrangèrent à leur façon et les jetèrent à la foule ; et le peuple les accueillit avec enthousiasme et des cris de joie mille fois répétés. Quant au reste du livre, ils le rejetèrent dans le galetas ; puis on prononça des discours admirables qui provoquèrent les bravos de la multitude, au point qu'une bande de corbeaux, qui se trouvaient à passer au-dessus du cirque. tomba tout-à-coup dans l'arène; et des larmes de joie et de bonheur coulaient délicieusement de tous les yeux; puis l'on se serrait la main, on se caressait, on se félicitait, on s'embrassait; puis des tables furent dressées; la joie brillait sur tous les visages; on chanta, l'on dansa, puis, quand tout fut terminé, on se sépara avec de chaudes accolades et des protestations de bon vouloir qui m'émurent jusqu'aux larmes; et je dis à ma bonne vieille: « Oh! Dieu, voyez donc combien ces gens s'aiment! »

Un sourire de pitié effleura ses lèvres, et elle me dit, en me tendant ses lunettes: « Tiens, mon fils, regarde-les là-dedans. »

J'appliquai les bésicles à mes yeux et je vis que presque toutes ces figures si gracieuses étaient des masques!.... Baste! dis-je à ma vieille, vous voulez rire et m'éprouver. Elle soupira profondément et me dit: Hélas! non, mon fils. je ne ris point! et ces embrassades si chaudes, ajouta-t-elle, veux-tu savoir ce que c'est? Oh! volontiers, lui dis-je; vous piquez ma curiosité. Elle essuie ses lunettes et me les rend en me disant: regarde-les maintenant à la poitrine. Dieu de miséricorde ! m'écriai-je ; quoi ! ce que je vois serait-il vrai !.... Que vois-tu ? me dit-elle d'un ton lugubre.... Oh ! je vois !.... je vois des choses qui me font horreur, et jamais ma bouche ne révèlera ces abominables secrets !.... Tu as raison, mon cher fils, me dit-elle, et moi je voudrais pouvoir en effacer jusqu'au souvenir. Or, comme ils savent fort bien tous ce qu'ils portent écrit dans leurs cœurs, chacun en particulier, vas leur dire que s'ils ne l'effacent sur-le-champ et sans qu'il en reste le moindre vestige, ils seront.... dis-leur ce que tu vois....

Alors je vis.... et je me mis à crier, d'un ton de voix à faire crouler la voûte du ciel : « Je vois un tigre énorme suivi d'un million d'autres !.... il s'avance vers l'enceinte du cirque, qu'il paraît vouloir franchir !.... »

Et le tigre aiguisait ses ongles sanglants : il léchait sa barbe et son museau, sa queue battait ses flancs avec force, il se couchait, se relevait, bondissait à la hauteur des arbres, se roulait sur le gazon comme un chat se roule sur l'herbe appelée valériane, puis il fixa ses deux yeux sanglants vers nous, et je le vis qui se disposait à s'élancer, et je tressaillis de frayeur ; mais ma bonne vieille passa sa main sur mes yeux, et tout disparut.

LE MIROIR A DOUBLE FACE.

Et elle me présenta un miroir à double face et me dit : « Regarde les deux côtés l'un après l'autre. »

Je jetai d'abord les yeux sur le côté où je vis écrit en caractère de feu le mot ÉGOÏSME.

Au premier coup d'œil mon cœur se serra si fortement que je crus qu'il était réduit à sa plus simple expression ; puis un froid subit circula dans tous mes membres, puis une odeur infecte et nauséabonde, comme d'ordures, de saletés, de vomissements vineux, d'incendie, de sang et de carnage, s'exhala de la surface du miroir.

Je fis une grimace épouvantable, et je regardai ma bonne vieille comme pour lui dire que je n'aurais jamais la force et le courage de fixer mes regards sur ce que le miroir allait me représenter; mais du doigt et de l'œil elle me fit un signe impératif, et je lui obéis.

Le miroir représentait une suite de tableaux vivants, mouvants et parlants, comme ceux que les poëtes des temps fabuleux mettent sur le bouclier de ce guerrier fameux que l'on conduisit malgré lui au siége de Troie pour faire périr cette ville et en ramener une femme adultère; ou bien encore sur celui que Vénus, disent-ils, fit fabriquer par Vulcain pour qu'Enée, son fils adultérin, pût ravir plus facilement la vie, Lavinie et un méchant coin de terre couvert de broussailles à Turnus, qui y avait ma foi bien autant de droit que lui.

Tiens!.... cette pensée me fait faire une réflexion qui ne m'était jamais venue à l'idée!.... C'est, mon cher bon ami, que dans tous les temps on s'est battu et égorgé, et que l'on se battra et s'égorgera peut-être toujours, pour des causes qui n'en valent pas la peine.

Mais je m'écarte de mon sujet; je t'en demande pardon, mon ami; c'est que, vois-tu, mon esprit est plein dans ce moment d'une foule de choses, et quand je veux parler, je mêle tout l'un avec l'autre, sans m'en apercevoir. Je reviens donc sans plus de digressions.

Je disais que le miroir, du côté où était écrit le mot ÉGOÏSME, représentait une suite de tableaux vivants, mouvants et parlants.

Le premier objet qu'il offrait à ma vue était un homme debout près d'une table sur laquelle je voyais une chandelle avec laquelle il se chauffait les doigts en les approchant bien près de la flamme; je voyais encore sur cette table une lime et quelques pièces de monnaie d'or et d'argent plus étroites que ne demandait leur valeur nominale.

Près de la table était un coffre-fort garni de grosses charnières et de plusieurs cadenas et serrures.

L'homme prit sa chandelle, visita bien toutes les portes, en poussa les verroux à plusieurs fois, écouta comme un homme qui croit entendre un bruit qu'il redoute, ouvrit les croisées, regarda à travers les volets, écouta long-temps, puis, n'entendant rien, il les referma ; puis il vint se placer près de son coffre-fort, visita attentivement toutes les piles d'or et d'argent qu'il renfermait, les compta, les recompta à plusieurs reprises, puis il referma le coffre avec mille précautions, le roula dans un trou pratiqué dans le mur exprès pour le recevoir, replaça par devant une boiserie qu'il avait déplacée pour l'en tirer ; puis il entra dans une alcôve sans lit, où je voyais un fusil à deux coups, deux pistolets, un sabre rouillé , une épée sans pommeau, et deux ou trois poignards ; il approcha trois chaises vermoulues les unes auprès des autres, s'enveloppa d'un vieux débris de manteau, se coucha sur son lit de chaises, en plaçant à côté de lui une boîte de chimiques, et il éteignit sa chandelle ; puis, l'instant d'après, je le vis qui sortait de son alcôve, allait à pas de chat aux portes et aux croisées, où il écouta encore longtemps, et puis il revint enfin se coucher sur son lit de chaises.

Le second objet que je vis dans le miroir était un palais de justice ; un propriétaire y avait appelé son fermier, qui, lui ayant payé la première année de son bail et ayant fait de mauvaises récoltes les deux années suivantes, n'avait pu solder intégralement sa ferme.

Le propriétaire disait : « Je veux qu'il soit condamné à me payer de suite et à sortir immédiatement de ma ferme : il y a urgence ; » (c'était en plein hiver) et il appuyait sa demande de mille imputations calomnieuses auxquelles le fermier donnait sur-le-champ des démentis formels appuyés sur des faits et des écrits signés du propriétaire, et qui prouvaient que celui-ci réclamait des sommes qui ne lui étaient pas dues et même qu'il avait reçues ; et en sortant de la salle des audiences, j'entendis ce propriétaire qui disait à part soi : N'importe !.... il est toujours bien ruiné ; il n'aura plus aucun crédit dans le pays.

Puis passèrent successivement devant mes yeux des orgies nocturnes, des débauches avec les femmes, des bals, des concerts, des spectacles ; et à côté, des cabarets, des cafés, et des autres lieux où ces scènes se passaient j'entendais des cris de misère, de douleur et de désespoir.

Je voulus retourner le miroir; mais la vieille s'y opposa et me dit : Non !.... il faut que tu voies le tout; et replaçant de force le miroir devant mes yeux, elle me montra des gens qui se querellaient, qui se battaient, qui se pillaient, qui se volaient, qui se traquaient et se poursuivaient comme on traque et poursuit une bête féroce; et quand ils pouvaient parvenir à s'atteindre, ils s'égorgeaient et se déchiraient en lambeaux !.... Dieu !.... que de sang!.... que de sang !.... quel carnage ! ... et les hommes séchaient de frayeur; et moi je sentais que j'allais m'évanouir; mais ma bonne vieille passa sa main sur mon front, sur mes yeux et sur mon cœur, et je me sentis soulagé.

Alors elle me dit : Il me reste maintenant à te montrer l'autre côté du miroir; mais je ne puis le faire seule ; si tu y consens, je vais appeler près de nous celle qui doit m'aider ; elle t'indiquera les moyens de faire disparaître de la société les abus et les maux que tu déplores. Eh! mais, très certainement, lui dis-je avec transport, j'y consens de tout mon cœur!.... et sur-le-champ elle appela près de nous une autre femme d'une figure bienveillante, affectueuse, douce et bonne, et d'un port noble, majestueux et divin.

Quand elle parla il me sembla que sa voix touchait et caressait mon cœur; elle prit le miroir de mes mains et le retourna de l'autre côté.

Autour de ce miroir était écrit le mot *Charité,* mais en caractères tellement conformés, que l'on pouvait également lire *Liberté,* ou *Egalité,* ou *Fraternité,* et de tous ces mots il n'y avait cependant que le mot *Charité* qui fût écrit.

Aussitôt qu'elle eut retourné le miroir de ce côté, il me sembla que mon cœur se dilatait indéfiniment, mon odorat fut flatté par l'odeur des parfums les plus exquis, et mon oreille caressée par des chants d'une mélodie et d'une douceur inouïe.

Et je vis dans le miroir un jeune homme d'une figure gracieuse, et la femme bienveillante lui mit dans les mains le magnifique Christ du Louvre, et le jeune homme se découvrit, et, élevant le Christ bien haut, il dit à la foule : « Peuple !.... saluez le Christ !.... c'est notre maître à tous.... » et la foule s'inclina respectueusement.

A cette vue, je me tournai du côté de ma bonne vieille et je lui dis : « Puis-je faire des questions à cette femme bienveillante que vous avez appelée pour m'instruire ? » Et elle me répondit : « Oui, mon enfant, tu feras bien ; » et, me tournant du côté de la femme bienveillante, je la saluai respectueusement et je lui dis : « Puisque c'est là notre maître à tous, qu'a-t-il fait ? qu'a-t-il dit ? qu'enseigne-t-il ? »

Elle me regarda avec des yeux pleins d'affection et de tendresse et me répondit :

Il a obéi à ceux qui lui devaient l'obéissance.

Il a nourri les pauvres.

Il a fait marcher les boiteux.

Il a fait parler les muets.

Il a fait entendre les sourds.

Il a guéri les malades sans les toucher et même sans les voir.

Il a réveillé d'un mot ceux qui étaient depuis plusieurs jours endormis du sommeil de la mort.

Et voici ses paroles, qui sont toutes de sublimes enseignements ou des consolations divines.

Il a dit : Apprenez de moi que je suis doux et humble de cœur.

Il a dit : Venez à moi, vous tous qui avez des fatigues et des peines, et je vous soulagerai.

Il a dit : Ne vous tourmentez point, ne vous inquiétez point pour le lendemain.... car à chaque jour suffit son mal.... Voyez les petits oiseaux du ciel.... ils ne sèment ni ne récoltent.... ils ne serrent rien dans des greniers, et cependant votre père céleste les nourrit!.... Gens de peu de foi!.... n'êtes-vous pas, aux yeux de votre père céleste, d'un plus grand prix que les petits oiseaux du ciel?.... Et qui de vous, avec tous ses soins, peut ajouter une coudée à sa taille?....

Il a dit : Demandez, et vous recevrez.... Si votre enfant vous demande du pain, lui donnez-vous un serpent? et s'il vous demande un œuf, lui donnez-vous un scorpion?.... Or, si vous qui êtes mauvais, vous savez néanmoins donner de bonnes choses à vos enfants, lorsqu'ils vous les demandent, à combien plus forte raison votre père céleste vous accordera-t-il ce dont vous avez besoin, si vous le lui demandez.

Il a dit : On se servira envers vous de la même mesure dont vous vous serez servis pour les autres, et on l'entassera, et on l'agitera, et on la comblera, et l'on en mettra encore par-dessus.

Il a dit : Que le soleil ne se couche pas sur votre colère.

Il a dit : Pardonnez à votre frère, non pas sept fois, mais soixante et dix fois sept fois.

Il a dit : Méchant serviteur, ne deviez-vous pas remettre à votre compagnon, qui vous en priait, tout ce dont il vous était redevable, comme moi je vous avais remis, à votre prière, tout ce que vous me deviez?....

Il a dit : Vous les connaîtrez à leurs fruits. Un bon arbre ne peut pas porter de mauvais fruits, ni un mauvais arbre n'en saurait porter de bons.... Cueille-t-on des raisins sur des épines, ou des figues sur des ronces ?...,

Il a dit : Un verre d'eau donné au pauvre en mon nom ne demeurera pas sans récompense.

Il a dit : Allez, maudits !... j'ai eu faim : et vous ne m'avez pas donné à manger.... j'ai eu soif : et vous ne m'avez pas donné à boire... j'ai été nu : et vous ne m'avez pas donné des vêtements....

Et ceux à qui il adressait ces paroles lui ayant demandé quand ils lui avaient refusé ces choses, il leur dit : Toutes les fois que vous avez refusé de le faire à un de ces pauvres, c'est à moi que vous les avez refusées.

En achevant ces mots, la femme bienveillante me dit : « Prends et lis. » Et elle me tendit un livre que je reconnus pour le vieux bouquin que quelques-uns de ces hommes masqués que j'avais vus dans le cirque avaient méprisé et foulé aux pieds ; puis elle me dit : « Conserve-le précieusement, malgré tous les mépris dont il a été l'objet. C'est la seule règle à suivre pour arriver au bonheur ; c'est là cet incomparable diapason qui doit produire la plus suave, la plus ravissante harmonie ; c'est le recueil de tout ce qu'a fait et dit le magnifique Christ du Louvre. Si les hommes veulent suivre ses maximes et ses préceptes, ils ne feront bientôt plus qu'un seul troupeau dont il sera le seul pasteur. »

Pendant qu'elle parlait ainsi, la bonne vieille faisait un signe approbatif à chaque phrase, et quand elle eut fini elle me dit de jeter encore les yeux sur le miroir, et je le fis.

Et je vis un vieillard revêtu d'habits pontificaux, et la femme bienveillante lui mit dans la main gauche le magnifique Christ du Louvre, et dans la droite un rameau d'olivier, et elle lui dit : Allez....

Et je vis le vieillard qui dirigeait ses pas vers les hommes qui se battaient de l'autre côté du miroir ; et il s'approchait d'eux ; et il mettait dans leurs plaies un baume parfait qu'il avait recueilli aux pieds du magnifique Christ du Louvre ; et il leur tendait à tous son rameau d'olivier.

Puis je le vis revenir, et il montrait à la femme bienveillante une affreuse plaie qu'il avait au côté, et la femme bienveillante pleura beaucoup sur lui, puis, séchant ses pleurs, elle lui dit, d'un air triomphant de joie : « C'est bien, mon cher fils !!! c'est bien !.... c'est très bien !.... puis elle lui donna d'un pain qui fait vivre, et ses douleurs cessèrent, et il s'endormit paisiblement dans ses bras.

Alors elle lui remit dans ses mains son rameau d'olivier, et sur la tête la couronne des vainqueurs.

Bientôt après, le miroir m'offrit le spectacle d'une cérémonie funèbre. Des héros couverts de lauriers et qui avaient trouvé la mort en combattant pour le salut de la patrie étaient portés à la demeure du repos en même temps que le vieillard au rameau d'olivier ; et les héros étaient abandonnés, presque seuls; et une foule immense, innombrable. se pressait, avec une espèce de délire, à la suite du convoi du vieillard ; et tous voulaient le baigner de leurs larmes, et tous voulaient le voir et le toucher, et les femmes au cœur si bon et si tendre trempaient des mouchoirs et des linges dans le sang qui coulait de la plaie de son côté. et des guerriers valeureux étendaient leur épée sur le cercueil, persuadés qu'il s'en exhalait une émanation céleste capable de les garantir aux jours des dangers; et la foule chantait des hymnes à sa gloire !....

A la vue de scènes si touchantes, je dis à ma bonne vieille : « Pourquoi la foule délaisse-t-elle ainsi ces héros morts pour elle, pour se précipiter à la suite du vieillard au rameau d'olivier ? » Et la bonne vieille, regardant la femme bienveillante avec des yeux remplis de larmes, me dit avec une espèce de transport : « Oh ! mon cher fils ! les autres sont morts les armes à la main et prêts eux-mêmes à donner la mort !.... mais le vieillard n'avait que des paroles de paix et un rameau d'olivier. »

Puis je vis dans le miroir une multitude d'hommes qui se chérissaient tendrement, qui avaient mille prévenances les uns pour les autres, qui se tendaient mutuellement tous les secours dont ils pouvaient disposer; et ils ne faisaient qu'un seul troupeau et ils n'avaîent tous qu'un cœur et qu'une ame ; et tous ces hommes n'avaient point de masque, excepté un seul, qui eut l'audace de se présenter aux yeux de tous avec cette hideuse invention sur la figure ; mais la femme bienveillante prenant un air terrible, lança sur lui un regard foudroyant qui le jeta à la renverse ; dans sa chute, son masque fut déchiré, et tout le monde put lire sur son front le mot *hypocrisie* écrit en caractères ineffaçables, et elle lui dit : « Retire-toi, monstre, et ne viens pas troubler une si touchante harmonie. »

Et je voyais partout l'amour, la joie et le bonheur, et il n'y avait plus de larmes ni de misères, et il n'y avait plus de querelles ni de guerres sanglantes, et la femme bienveillante chantait d'une voix mélodieuse : « Gloire à Dieu, au plus haut des cieux, et paix sur la terre aux hommes de bonne volonté ! etc. »

Quand elle eut fini son chant sublime, qui me parut vingt fois répété par les échos des cieux, je dis à ma bonne vieille : « Mais vous m'aviez promis de me faire voir ce qui s'oppose au bien de la République et de m'indiquer le moyen de faire disparaître de la société des hommes les abus et les maux qui la minent de toutes parts; et, depuis deux heures au moins, vous vous amusez à me donner le spectacle d'une espèce de fantasmagorie, sans me dire un seul mot de ce que je demande. »

Piquée de ce reproche, ma bonne vieille me regarda avec des yeux où l'ironie était peinte, et elle me répondit par les questions suivantes :

Demande. Comment a péri le géant ?

Réponse. En écrasant avec lui tous ses oppresseurs.

La vieille. Bien.

D. Qu'est-ce qui a été cause que les deux roues de la charrette se sont brisées ?

R. Ce sont les rais qui vacillaient dans les mortaises des jantes et des moyeux.

La vieille. C'est juste.

D. Et le vaisseau, qui l'a fait tomber pièce à pièce ?

R. Ce sont les rats qui ont rongé les cables

et les cordages, et les vers de mer qui ont réduit en poudre le bois des liens, des tenons et des chevilles.

La vieille. Parfaitement.

D. Qu'est-ce qui a fait périr l'édifice superbe ?

R. C'est que l'on n'avait pas coupé les joints, et qu'au lieu de mortier on avait mis, entre les pierres, une substance corrosive.

La vieille. C'est vrai.

D. Et la caravane ?

R. C'est pour s'être engagée, sans guide, au milieu des ténèbres de la nuit, dans des forêts inconnues et remplies de précipices et de bêtes féroces.

La vieille. A merveille.

D. Et la barque de pêcheurs ?

R. C'est pour avoir choisi pour conducteur un homme qui n'avait que la force musculaire, sans expérience et sans connaissance des lieux.

La vieille. Bon.

D. Qu'est-ce qui a occasioné la perte de ces chaumières et de ces hameaux dans ces landes entremêlées de champs cultivés ?

R. C'est l'impatience des habitants, qui, pour rendre plus promptement tous ces terrains propres à l'agriculture, ont choisi un moyen dangereux, le feu, comme le plus expéditif.

La vieille. Justement.

D. Et la voiture magnifique, qui l'a fait briser ?

R. Ce sont les chevaux attelés sur les quatre faces et stimulés par les coups de fouet et les jurements des charretiers.

La vieille. Bien encore.

D. Et la machine à vapeur, pourquoi a-t-elle fait explosion ?

R. Parce que les chauffeurs ont donné trop de feu, pour lui prêter une vitesse qui n'était pas proportionnée à sa force.

La vieille. C'est juste.

D. Au lieu d'une symphonie admirable, pourquoi les musiciens du concert n'ont-ils produit qu'une infernale cacophonie ?

R. C'est pour avoir réglé leurs instruments chacun sur un diapason particulier.

La vieille. C'est cela.

D. Qu'as-tu vu dans le cirque ?

R. Des gens qui portaient des masques et dont l'intérieur démentait les paroles.

La vieille. C'est vrai.

D. Où as-tu vu des scènes dégoûtantes d'avarice, de dureté, d'injustice et de débauche, des scènes de misère et de douleur, de sang et de carnage ?

R. Dans le miroir appelé Égoïsme.

La vieille. Fort bien.

D. Où as-tu vu des scènes admirables de courage, de dévouement, des scènes d'union, de concorde, de bienfaisance, de joie et de bonheur?

R. Dans le miroir appelé Charité, ou *Liberté,* ou *Egalité,* ou *Fraternité.*

La vieille. Eh bien! conclus donc, imbécile!

Oui, conclus, mon cher enfant, me dit affectueusement la femme bienveillante, et elle me regardait d'un air si aimant! et elle me tendait ses deux bras avec une expression de bonté si touchante et si vive, que je m'y élançai avec transport, comme un jeune enfant, qui essaie ses premiers pas, se jette dans les bras de sa mère qui l'appelle; et je me sentis pressé par des étreintes si douces et si caressantes, que je crus que toutes les joies du ciel coulaient dans mon ame; et tout disparut.

Or, mon cher ami, devine où j'étais?

Dans mon jardin, occupé à râper des raves que je voulais faire cuire pour mon souper; car, comme je te l'ai dit, c'était le dimanche; et quand on n'a mangé que du pain sec pendant toute la semaine, on est bien aise de réveiller son appétit en le mangeant, le dimanche, avec quelque petite chose.

Adieu.

Ton ami de cœur,

PANPHEMIUS.

P. S. — J'ai oublié de te dire pourquoi ma bonne vieille portait un bâton et des besicles. Voici la raison qu'elle m'en a donnée :

J'ai, m'a-t-elle dit, un grand nombre d'ennemis qui me font chaque jour mille et mille malices : ils creusent le sol sous mes pas dans les lieux par où ils savent que je dois passer, dans le dessein de me faire trébucher : c'est pourquoi je me suis munie d'un bâton pour interroger la solidité du terrain.

Ils passent sur tous les objets mille couleurs, mille vernis différents, qu'ils savent composer avec art, afin que je ne puisse pas connaître ces objets pour ce qu'ils sont : c'est pourquoi je porte des besicles qui, comme tu en as fait l'épreuve dans le cirque, ont la propriété de remettre et de montrer les choses dans leur état véritable.

Je lui ai aussi demandé son nom et celui de la femme bienveillante, et elle m'a appris qu'elle se nommait RAISON, et la femme bienveillante RELIGION.

Dans le moment où Ernest achevait cette lecture, le maréchal vint me dire que mon cheval était prêt, et comme il se faisait tard, je me hâtai de reprendre la route de Bourges, laissant la compagnie sous l'influence des réflexions qu'avait suscitées en nous la lecture des hallucinations de l'ami d'Octave.

FIN.

RÉPONSE AUX OBSERVATIONS.

Les observations que l'on pourrait faire sur ce petit écrit rouleront nécessairement ou sur l'auteur, ou sur la forme qu'il a choisie, ou sur la matière qu'il a traitée.

I. — SUR L'AUTEUR.

On pourra lui reprocher de se mêler d'écrire sans mission, lui inconnu, dépourvu de talents et même des ressources qui aident à développer les intelligences communes.

Réponse.

Quand un homme, au haut d'un édifice, est menacé du danger de tomber et de périr dans sa chute, tous les spectateurs, grands ou petits, riches ou pauvres, jettent un cri d'alarme qui, assurément, n'est incriminé par personne ; quel mal peut-il donc y avoir à jeter le même cri quand la société tout entière est en péril ?

II. — Sur la forme.

Pourquoi l'auteur a-t-il donné à ce petit écrit une forme mystérieuse et fantastique, au lieu de s'expliquer clairement et intelligiblement pour tout le monde ?

Réponse.

Pour deux raisons : la première est que l'auteur, vu son incapacité, n'aurait été que ridicule s'il eût parlé en docteur ;

La seconde est qu'il avait à traiter des questions brûlantes, et il a cru devoir jeter par-dessus un voile un peu épais, pour ne pas agiter sur sa patrie les brandons de la discorde.

III. — Sur la matière.

1° Pourquoi jeter ainsi le blâme et l'injure à la face de toutes les fractions de la société ?

Réponse.

Eh ! mon Dieu, la raison en est bien simple : c'est que dans notre grand débat, comme dans toutes les querelles possibles, tout le monde a des torts ; et en montrant à chacun ses torts, l'auteur a cru faire preuve de loyauté et d'impartialité.

2° Plusieurs traits de ce petit tableau sont d'une teinte trop sévère, notamment ceux qui ont rapport à la question de l'impôt, à la république rouge et au communisme.

Réponse.

Pour ce qui est de l'impôt, il est évident qu'il n'est pas établi sur une base fort équitable, qu'il pèse d'un poids inégal sur les divers membres de la société; de plus, aux yeux de bien des gens, il serait susceptible d'une grande réduction.

Pour ce qui regarde la république rouge et le communisme, l'opinion publique leur attribue pour but : à l'une, le massacre et le pillage ; à l'autre, le séquestre de toutes les propriétés, pour forcer tous les hommes à vivre pêle-mêle, comme des animaux; et cette idée effrayante est, pour les yeux les moins clairvoyants, une des principales causes de l'immense, de l'indéfinissable malaise qui pèse depuis si long-temps et d'un poids de plomb sur la société tout entière, malgré l'ironique abondance de toutes les productions de la nature; or, que ces deux fractions de la société démentent formellement et par des raisons solides l'idée que l'on se forme d'elles, et l'auteur est prêt à effacer, avec son sang s'il le faut, les lignes qu'il leur a consacrées.

3° En lisant le prospectus, chacun pouvait s'attendre à quelque chose de grand, de nouveau et d'ingénieux pour remédier à nos maux, et cet écrit ne fait que ressusciter d'anciens souvenirs presque généralement effacés de tous les cœurs.

Réponse.

L'auteur avoue que ce moyen n'est pas nouveau, n'est pas ingénieux, n'est pas de son invention ; mais il ne craint pas de dire qu'il est le seul capable de les guérir.

Oui ! que l'homme aime l'homme, et il accomplira toute la loi ! que tous les hommes soient sincèrement et véritablement frères par les sentiments du cœur, et la société pourra accepter sans danger tous les systèmes possibles ; mais si l'on se contente d'écrire le mot *fraternité* sur des murs ou dans des fatras de papier que l'on appelle lois, sans que les cœurs soient échauffés par le feu sacré, sans qu'ils ressentent l'impulsion de cet instinct sublime de bienveillance et de bienfaisance mutuelle, oh ! tous les systèmes les plus brillants, les plus suaves, les plus consolants en apparence, ne feront qu'aggraver nos maux, bien loin de les guérir.

4° On nous avait promis de nous indiquer la cause de ces maux, et il n'en est question nulle part.

Réponse.

Il en est question dès la première ligne de l'écrit, qui, en le réduisant à sa plus simple expression, revient à cette pensée :

Né pour le bonheur, l'homme court sans cesse à la recherche de cet objet de ses désirs ; mais, faute d'élever ses yeux assez haut, il a pris pour le bonheur la sensualité, qui n'en est que le hideux fantôme. De là est né l'égoïsme, cet esprit étroit d'intérêt sordide, qui ne voit et ne caresse que l'individu seul, au préjudice et au détriment de tous les autres. Semblable à cette rouille invétérée qui dévore le fer, ou à cette mousse parasite qui flétrit et dessèche les arbres et les arbustes de nos jardins, l'égoïsme, cause de tous nos maux, ronge la sève de la société. Pour que la société puisse reprendre sa sève et sa vigueur, il faut donc que cette plante parasite et destructive soit extirpée jusqu'à sa dernière racine ; or, il faut une autre main, et une main plus forte que celle de l'homme, pour arracher des cœurs cet égoïsme qui y est si enraciné, et replanter et faire fleurir à sa place le baume si doux de la fraternité. En d'autres termes : pour que les hommes puissent bien comprendre qu'ils

— —

sont tous frères, il faut qu'ils se ressouviennent qu'ils ont un père commun, ce qui, aujourd'hui, paraît généralement oublié.

D'après cet exposé, qui ne comprendra que la société est dans le plus grand péril, et ne se sentira porté à appeler de tous ses vœux le seul remède capable de guérir nos maux et de nous préserver des malheurs qui nous menacent : la douce et sainte fraternité chrétienne ?

Oh ! puisse une main plus habile traiter dignement et inculquer profondément dans tous les cœurs les pensées qui sont l'objet de ce petit livre ! c'est un des vœux les plus ardents de l'auteur.

N. B. — Si quelqu'un jugeait à propos de faire quelques autres observations, l'auteur prie de le faire *franco ;* il n'ignore pas qu'il a, plus que tout autre, besoin d'avis et de leçons, mais il n'est pas assez riche pour les payer. Les lettres non affranchies ne seront pas reçues.

RECUEIL DE POÉSIES.

LE BOUVREUIL ET LA MÉSANGE,

FABLE.

Quand Philomèle, au doux printemps,
Prélude au chant divin qui charme le bocage,
Je vous parle en ami, l'on vous trouve peu sage
De mêler à ses sons si pleins, si ravissants,
Des sons si maigres, si perçants.
Passe pour la fauvette !.... au moins elle approche, elle,
Du chant si beau de Philomèle ;
Et si le ciel jaloux devait priver nos bois
De sa pure et touchante voix,
Pour la rendre un jour immortelle,
Oh! la fauvette, assurément,
Obtiendrait le prix du doux chant.

Mille oiseaux : le linot, la champêtre alouette,
Et le merle siffleur, et le chardonneret,

Et mon petit ami le joyeux roitelet,
Viendraient, bien avant vous, remplacer la fauvette.
Ainsi, je vous le dis tout net :
Ecouter, admirer, se taire,
Est ce que vos pareils auraient de mieux à faire.
Ainsi dit le bouvreuil à la mésange, un jour,
En attendant le réveil de l'aurore,
Quand l'Amphion des bois, avec sa voix sonore,
Aux bosquets, aux vallons, aux échos d'alentour,
Du jour près de paraître annonçait le retour.

Ami, dit l'autre oiseau, ton avis est sincère,
Et pour m'y conformer je suis prêt à tout faire ;
J'admire Philomèle et sa touchante voix,
J'accorde à Philomèle une pleine victoire ;
Je n'aspire point à la gloire
De charmer par mes chants les hôtes de nos bois.
Mais quand l'haleine de Zéphire
Vient caresser les fleurs sous le feuillage épais ;
Quand tout chante et bruit et bourdonne et soupire
Un hymne au créateur pour payer ses bienfaits,
Oh ! garder un triste silence
Au milieu d'un concert si doux
Me paraît une grave offense,
Et je chante au hasard en dépit des jaloux.

Quand l'autan furieux déchire le feuillage,
Quand la foudre en grondant ébranle au loin les cieux,
Aux faibles habitans de ces aimables lieux
Je jette un cri perçant pour annoncer l'orage ;
Je n'examine point si quelqu'un chante mieux ;

Mon cœur n'est point jaloux qu'un autre, plus heureux,
De sons plus ravissants remplisse le bocage ;
Je gémis pour gémir, je chante pour chanter,
Sans songer si quelqu'un est là pour m'écouter.

Tout poète saisit le sens de cette fable.
Que notre Lamartine et sa muse admirable
Charment le monde entier par de nobles accents !
Sans tendre à l'égaler et sans être coupable,
Chacun sent le besoin de traduire en doux chants
L'hymne pur du bonheur, le cri de la souffrance,
Et les pieux souhaits de la reconnaissance,
Et ces pleurs vertueux, si purs et si touchants,
Des bienfaits noble récompense ;
Heureux qui peut le faire en vers pleins et coulants.

CHANT PATRIOTIQUE,

OU

ORTHODOXIE RÉPUBLICAINE.

FÉVRIER 1848.

Gloire à toi, peuple magnanime !
Oh ! gloire, amour, paix et bonheur !
Modèle admirable et sublime,
Et de sagesse et de valeur !

J'ai vu cette neige légère
Qu'Aquilon balayait des toits ;
Ainsi, dans ta sage colère,
O France ! tu souffles tes rois.
Gloire, etc.

Sous un tyrannique esclavage
Il voulut courber ta fierté,
Et tu lui lanças au visage
Ce mot terrible : Liberté !
Gloire, etc.

Liberté, justice, bien-être
A tous, partout, dans tous les temps,
L'accordez-vous ?...—Non !...—Fuis donc, traître!
La France abhorre les tyrans !
Gloire, etc.

Liberté ! non pas anarchie !
Tombez, vils pillards condamnés !
Salut, consolante effigie !
Salut, fronts pieux, inclinés.
Gloire, etc.

« C'est notre maître ; c'est l'image
» Du Dieu de toute liberté,
» Du Dieu qui brise l'esclavage
» Par ce grand mot : Fraternité. »
Gloire, etc.

O France ! ô ma noble patrie !

Il luit enfin, ton heureux jour!
Vois.... dans ton sein tout se rallie
Au nom de fraternel amour!
Gloire, etc.

Le grand Dieu qu'adoraient nos pères
Et les pères de nos aïeux
Trouve en nous un peuple de frères
L'honorant d'un culte pieux!
Gloire, etc.

Oh! pour ces tombes précieuses,
Des fleurs.... donnez.... vite.... des fleurs!....
Honorons ces morts glorieuses
De l'amer tribut de nos pleurs.
Gloire, etc.

Victimes d'un troupeau d'esclaves,
Vous tombez sous de lâches traits;
Mais ce sang brise nos entraves!
Nobles frères, dormez en paix!
Gloire, etc.

Fuis loin de nous, froid égoïsme,
Source infâme de nos malheurs;
De ton beau feu, pur héroïsme,
Oh! viens embrâser tous nos cœurs.
Gloire, etc.

Amour sacré de la patrie,
Unis tous ces cœurs sous ta loi!

Faut-il mon sang? faut-il ma vie?
France! prends tout! tout est à toi!
Gloire, etc.

Ainsi je chantais à ta gloire,
O France, terre des héros,
Au jour où ton cri de victoire
Du monde éveillait les échos.
Gloire, etc.

Et j'épanchais toute mon ame
Dans ce chant, écho de mon cœur;
Oh! que ne puis-je en traits de flamme
Peindre ta gloire et ta grandeur!
Gloire, etc.

UN COUP D'ŒIL SUR LE MONDE.

JUILLET 1848.

Qu'il est sombre, le ciel, et chargé de nuages!
J'entends gronder la voix des terribles autans;
Ils sèment en tous lieux les foudroyants orages,
Et la terre en fureur dévore ses enfants.

Ces temps vus de si loin seraient-ils prêts à naître!
Ces jours de tremblement, d'épouvante et de deuil!

Oui, le monde a vieilli.... cent ans passés.... peut-être
Il va s'envelopper dans l'éternel linceul.

Oui, le Christ est voilé !.... plus de foi sur la terre !
Ces grands mots qu'à grand bruit on proclame en tous lieux,
Que sont-ils ?.... un sarcasme, une ironie amère
A cette antique foi dont vivaient nos aïeux.

Tendre fraternité, ta ravissante image
Exhale un parfum pur, baume divin des cœurs ;
Et ton nom, profané sur des champs de carnage,
Souffle la rage affreuse et provoque aux horreurs !

Liberté ! fruit des cieux, serais-tu sur la terre
L'aliment de ces cœurs enivrés de forfaits ?
Leurre, spectre riant, caressante chimère,
Tu fascines nos yeux pour nous perdre à jamais !

Ces mots tout parfumés qu'une bouche divine
Révélait aux humains du haut de cette croix,
C'est dans nos cœurs qu'il veut que la foi les burine ;
Non sur des murs blanchis et dans nos folles lois !

Et Dieu n'a qu'à ce prix promis la paix au monde !
Et l'univers s'épuise en stériles efforts !
Il ne fait qu'aggraver sa misère profonde,
S'il n'a foi dans celui qui réveillait les morts.

Quand Saül te persécute, ô mon Dieu ! ta lumière
Peut dessiller ses yeux et transformer son cœur ;

Et l'univers entier t'insulte !.... et la poussière
Rendrait ton bras perclus et sans force ! Oh ! Seigneur !
Le Dieu que vous servez est-il inexorable ?
N'est-il plus rien qui puisse apaiser son courroux ?
Anges saints !... oh ! cherchez sur la terre coupable
Dix justes dont les pleurs intercèdent pour tous.

Qu'ils disent au Seigneur : Tu le vois, les tempêtes
Sèment autour de nous l'épouvante et la mort.
Retiens ton bras vengeur étendu sur nos têtes,
Et sauve tes enfants, ô Dieu puissant et fort !
Que ta clémence, enfin, désarme ta justice !
La cendre des tombeaux a-t-elle un sacrifice,
Ou peut-elle allumer l'encens sur ton autel ?
Nous seuls, Seigneur, nous seuls que ton jour pur éclaire,
Pendant les courts instants que nous luit ta lumière,
Pouvons chanter ta gloire et ton règne éternel.

Seigneur, touche ces cœurs ! qu'à l'inflexible haine
Succède un amour vrai dans toute sa douceur !
Sous ton joug, mieux connu, que la nature humaine
Ne soit qu'un troupeau seul et toi son seul pasteur.
Toi seul tu peux, Seigneur, apaiser nos alarmes,
Toi seul tu peux tarir la source de nos larmes ;
Que ce bienfait nouveau comble en nous tes bienfaits,
Et le cœur qui t'adore et celui qui t'offense
S'uniront pour chanter un hymne à ta clémence,
Cet hymne que tes saints chanteront à jamais.

REMERCIEMENT.

AOUT 1838.

Fuyant la trop sombre tristesse,
Je cherche à peindre avec des fleurs
La désespérante détresse,
La mort, les si longues douleurs.
Mémoire du cœur (*) noble et tendre,
Sais-tu dicter des vers heureux,
Comme les bienfaits savent rendre
La joie au cœur des malheureux ?

L'ange sinistre des tempêtes,
Furieux, soufflait sur nos bois,
La foudre grondait sur nos têtes,
Mille échos redoublaient sa voix ;
O triste jour ! funeste orage !
Les chantres légers du bocage,
Livrés aux soins de leurs petits,
Par le vent, la grêle et l'ondée
Surpris sur leur couche inondée,
Gisaient tous perclus et transis.

Et chaque touffe hospitalière,
Veuve de chants mélodieux,
Pleine de deuil et de misère,
Murmurait des cris douloureux.
Pauvres petits ! votre souffrance

(*) La reconnaissance définie : *Mémoire du cœur*, par un sourd-muet.

Baignait en vain mes yeux de pleurs!
Que n'était-il en ma puissance
De soulager tant de douleurs!

Mais soudain, perçant le nuage,
Le soleil darda ses rayons,
Et chacun séchant son plumage
Ranima ses chers nourrissons.
Moment heureux! touchante ivresse!
Qui dira leurs cris d'allégresse,
Leurs jeux légers, leurs chants d'amour?
Ce doux rayon après l'orage
Rendit ses chantres au bocage,
Tous bénissaient l'astre du jour.

Pareille image et plus touchante,
O Praslin! s'offrit sur tes bords,
Et de ta voix reconnaissante
Tels sont les bien justes transports.
Nous avons connu la souffrance,
La fièvre (*) et ses mortels frissons;
Mais l'astre de la bienfaisance (**)
A lui sur nous.... nous bénissons.

Gloire à vous, paix à vous, ô cœurs pleins de noblesse,
Qui vîtes nos malheurs d'un œil compatissant!

(*) Une fièvre typhoïde qui décima les habitants du village de Ségry en deux mois.

(**) Une quête faite par M. Lissac, curé de Ségry, produisit 500 francs donnés par plusieurs propriétaires.

Qu'il soit cent fois loué, le Dieu dont la sagesse
Versa sur vous ses dons pour vous et l'indigent !
Gloire à vous, paix à vous, le Seigneur vous contemple!
Puissent vos noms bénis aller servir d'exemple
Aux riches des jours à venir !
Oh ! vous avez compris la véritable gloire !
Le nom de bienfaiteur est le seul dont l'histoire
Devrait garder le souvenir.

Jeune homme (*) dont les mains novices
Dans l'art de calmer la douleur
Au pauvre ont donné leurs prémices,
A vous aussi gloire et bonheur.
Puisse une aussi noble carrière,
Ouverte en faisant des heureux,
Couler pour vous douce et prospère
Jusqu'aux vieux ans de vos neveux!

Gloire à toi (**), paix à toi qui pressé d'un doux zèle
Appelas l'opulence au secours de nos maux !
Digne prêtre ! Oh ! poursuis une tâche si belle.
Ton Dieu, du haut des cieux, sourit à tes travaux.
Poursuis !.... ce verre d'eau quêté pour l'indigence,
Et cette huile, et ce vin, et ce baume si doux,
Seront comptés pour toi quand la sainte balance
Jugera nos trésors et nous pèsera tous.

Vous qui contre mon Dieu sans cesse ouvrez la bouche,
Qui conspuez sa loi, source de tous bienfaits,

(*) M. Pinault fils, docteur-médecin.
(**) M. Lissac.

Le précepte d'aimer n'a-t-il rien qui vous touche ?
Voyez !.... ah ! comme nous bénissez à jamais !
Douce Religion, si sublime et si sainte,
Oh ! gloire à vous ! Est-il un malheur, une plainte
Qui vous trouve sourde à sa voix ?
Vous seule ôtez son fiel à l'amère souffrance ;
Et le Dieu du Calvaire est le Dieu d'espérance,
Et toute paix vient de la croix.

Mais une tombe s'ouvre ! ô Dieu ! grâce pour elle ! (*)
Elle accomplit si bien ta sainte loi d'aimer.
Des cœurs compatissants son cœur est le modèle ;
Trouvera-t-elle aux cieux des douleurs à calmer ?
Oh ! c'en est fait : le ciel l'enviait a la terre !
Nous tous qui la pleurons comme une douce mère,
Cœurs sensibles à ses bienfaits,
Séchons nos pleurs !... là-haut on chante ses louanges.
Elle boit à longs traits à la coupe des anges ;
Sa paix est l'éternelle paix.

RÉPONSE

A UN AMI QUI S'INQUIÉTAIT SUR L'AVENIR.

AVRIL 1832.

Quand tout était fraîche verdure,
Doux parfums, riantes couleurs,

(*) Mme Imbert, née Mayet, mourut à cette époque.

De mon Praslin quand l'onde pure
Semblait rouler des flots de fleurs ;

Quand sous le renaissant feuillage
Le modeste chantre des bois
Parfumait au loin le bocage
De l'encens de sa belle voix ;

Oh ! pour la terre rajeunie,
Chaque jour était un beau jour ;
La plaine, les bois, la prairie,
Tout était vie, espoir, amour ;

Le bonheur était là dans la nature entière,
Et son souffle inspirait la joie à tous les cœurs ;
Ainsi que les flots purs et la pure lumière,
Comme la brise printanière,
Donnaient leur tendre éclat et leurs parfums aux fleurs.

Et tout chantait dans la nature
Un hymne au Dieu qui fit ces jours,
Tout chantait sans fin, sans mesure :
Gloire à vous, Seigneur, à toujours !

Oh ! dis-moi, dans ces jours si purs, si pleins de charmes,
L'oiseau s'affligeait-il de futures douleurs ?
Un orage incertain causait-il ses alarmes ?
De l'hiver à venir craignait-il les rigueurs ?

Et tu veux que mon œil pénètre
Le mystérieux avenir,

Que je m'informe d'un peut-être,
Qui pourra ne jamais venir !

Le doux calice de la vie
Pour ma lèvre est lait pur et miel,
Tu veux que j'agite la lie
Pour savoir s'il contient du fiel.

Voyageur fatigué, je trouve un frais ombrage,
J'y goûte sur la mousse un paisible repos ;
Au lieu d'y réparer ma force et mon courage,
Sur les maux incertains du reste du voyage
Dois-je pousser de vains sanglots ?

Jésus nous dit que sa souffrance
Suffit à chacun de nos jours ;
Le calme, le bonheur, ou du moins l'espérance,
Doivent naître en tous lieux de l'humble confiance
En ses salutaires discours.

Contre notre frêle nacelle
Quand la mer et les vents unissaient leur effort,
Du Dieu que nous servons la promesse est fidèle,
Il saura nous conduire au port.

Mais quand la mer est calme et le ciel sans nuage
Quand tout nous invite à bénir,
Au Dieu juste, au Dieu bon, au Dieu puissant et sage
Ne serait-ce pas faire outrage,
Que d'interroger l'avenir ?

Que peut contre ses fins notre aveugle sagesse ?
Avec force et douceur il conduit ses desseins ;
Vaine ombre du néant, l'homme n'est que faiblesse ;
Mais Dieu !... notre univers n'est qu'un jeu dans ses mains.

Par un effet gratuit de sa magnificence,
S'il nous accorde un heureux jour,
Jouissons de ses dons avec reconnaissance,
Et chantons l'hymne de l'amour.

SUR LES ANNALES DE CHEZAL-BENOIT.

FÉVRIER 1838.

Oh ! oui je l'aime cette page,
Fruit de doux et jeunes loisirs.
Que cette idée heureuse et sage
Est féconde en nobles plaisirs !

Cette nuit un songe fidèle
Les retraçait tous à mes yeux,
Et la prière humble et si belle
Portait mille parfums aux cieux.

Couvant de ses ailes divines
Vingt fronts purs et séjour des ris,

La muse des saintes collines
Fécondait ces jeunes esprits.

Epris d'une innocente gloire,
Chaque mois ces rivaux amis
Livraient, les yeux sur la victoire,
Des combats vrais, sans ennemis.

Et cette lutte chaleureuse
De l'étude éveillait l'amour,
Et de cette ardeur précieuse
Le savoir naissait à son tour.

Je vous voyais naître aussi d'elle,
Vers tant jolis ! chants gracieux ;
Zéphyr vous portait sur son aile
Et vous proclamait en tous lieux.

En tous lieux votre voix légère
Faisait résonner mille échos;
Ivre d'orgueil, un heureux père
Couronnait son jeune héros.

Le cœur de la si tendre mère
Bondissant de joie et d'amour,
Chargeait la brise messagère
De cent baisers pour ce séjour.

Tous les amis de notre France
Vous gravaient dans leur souvenir

Et souriaient à l'espérance
D'un heureux et sage avenir.

Et moi, sur des plaines voisines,
Partageant ces si doux transports,
Sur vos Annales enfantines
Je modulais quelques accords.

Poète exilé, solitaire,
Et sans cesse entouré d'ennuis,
J'oubliais ennuis et misère,
J'étais heureux d'être où je suis.

A M. J. L., CURÉ DE NEUILLY-EN-SANCERRE.

SEPTEMBRE 1841.

Non loin de cette antique église
Où jadis résonnait ta voix,
Tout près des lieux où la franchise
Avec toi régnait autrefois,
S'élève sans magnificence,
Sans faste et sans vains ornements,
Un toit où la fraîche espérance
Me promet quelques doux moments.

Tout frais construit, ce jeune asile
Attend tes bénédictions;

Viens donc y lire un Evangile,
Quelques versets, des oraisons;
Viens l'asperger de l'eau sacrée,
Viens y brûler un pur encens,
Pour que d'une paix assurée
Le ciel comble ses habitans.

Qu'ils puissent voir, à ta prière,
A jamais de ce lieu bannis
Tous les fripons, la race entière
Des gens doubles, des faux amis!
Que l'amitié franche et naïve
Seule y règne dans tous les cœurs;
Que la gaîté riante et vive
Y folâtre au milieu des fleurs!

Demande aussi dans ta prière,
Que par un doux présent des cieux,
J'y puisse, d'une voix légère,
Moduler quelques chants joyeux;
Demande aussi que la sagesse
Y règne à jamais sur mon cœur;
Quoi de plus!.... les biens!.... la richesse!
Oh! l'or ne fait pas le bonheur!

Le savetier de Lafontaine,
Pauvre, entonnait ses chants joyeux;
Il vit un jour sa bourse pleine,
Et son cœur devint soucieux;
Ses chants firent place au silence,

L'insomnie allongea ses nuits.
Oh ! trop misérable opulence,
Porte loin de moi tes ennuis !

Demande encor que, voyageuse,
L'amitié vienne quelquefois
Loin de ta plage montagneuse,
Loin des vallons du Sancerrois,
Apporter à cet humble asile
Un jour de paix, un jour heureux,
Et le ciel, à ta voix docile,
J'en suis sûr, comblera nos vœux.

Viens, j'ai déjà dressé la table ;
Tu vois dessus quelques flacons
D'un vin vieux, doux et confortable ;
Hâte-toi, nous les viderons.
Joyeux propos à cette fête
Doivent se rendre (ils m'ont promis)
Ayant la franchise à leur tête,
Avec l'enjouement et les ris.

Si quelque sot atrabilaire
Venait troubler ce doux festin,
Je lui dirais d'un ton sévère :
Ami, passez votre chemin.
Un repas où la gaieté brille
N'est point fait pour un froid docteur ;
Ici nous sommes en famille,
Veuillez souffrir notre bonheur.

AU MÊME.

JUILLET 1840.

Après les effrayants orages,
Après l'hiver et ses rigueurs,
Voit-on reverdir tes rivages,
Y renaît-il enfin des fleurs ?
Sous ta houlette tutélaire,
Heureux d'obéir à ta voix,
Vois-tu, fuyant le mercenaire,
Ton troupeau soumis à tes lois ?

Celui dont l'esprit fut rebelle,
Dont la voix égarait les cœurs,
Vaincu, subjugué par ton zèle,
A-t-il gémi sur ses erreurs ?
Ou bien la brise officieuse,
Un matin purgeant tes états,
Vers son Irlande si brumeuse
A-t-elle enfin guidé ses pas ?

Réponds ! et, dès longtemps muette,
Ma lyre aux champêtres accents
T'apprendra qu'un ami poète
Au loin te garde encor des chants,
Et ma muse au bois égarée
Se retrouvera sur tes bords,
Et cette paix tant désirée
Sera l'objet de mes accords.

Heureux de vivre solitaire,
Pour moi j'aurài toujours la paix,
Toujours ma flûte bocagère
Fredonnera quelques couplets.
A ma retraite si profonde,
Au calme si doux de mes bois,
Que comparerai-je en ce monde?
Nos charmants loisirs d'autrefois.

Ces jours d'une fraîcheur si pure,
Pétris de parfums et de fleurs,
Où les ris, d'un joyeux murmure,
Caressaient sans cesse nos cœurs,
Et que du temps l'aile rapide
Emportait si vite en son cours,
Et que la haine au cœur aride
T'a ravis peut-être à toujours.

Ah! si cette haine sauvage
Devait te poursuivre à jamais,
Du Praslin le simple rivage
Pourrait t'offrir encor la paix.
Reviens-y. La fièvre au teint blême
N'a plus de frissons en ces lieux.
Oh! reviens.... la terre où l'on s'aime
Est la pure image des cieux.

Reviens!.... les échos du rivage,
Ivres d'allégresse et d'amour,
A tous les échos du bocage

Rediront ton heureux retour ;
Et le chantre de la nature
Retrouvera sa belle voix,
Et le Praslin son doux murmure,
Heureux de passer sous tes lois.

Les chagrins, l'ennui, la tristesse
Iront sécher loin de nos bords
Et je t'endormirai sans cesse
De mes assoupissants accords.
N'entends-tu pas déjà ma lyre
Préluder à son gai refrain :
Aimer et chanter, boire et rire,
Est-il un plus heureux destin?

A M. PLACIDE DOURY,

SUR LE RÉTABLISSEMENT DE SA SANTÉ.

OCTOBRE 1847.

J'aime à revoir sur ton visage
Ce frais vernis de la santé ;
C'est pour moi la riante image
D'une charmante vérité :
Ici-bas tout passe, tout change,
Et, loin que ce soit un chaos,

Dieu fait un consolant mélange
Et de nos biens et de nos maux.

Vois la modeste violette,
Au souffle brûlant des longs jours
Elle va périr, la pauvrette,
Si l'eau ne vient à son secours.
Eh bien ! les doux pleurs de l'aurore
Et l'haleine du frais matin
Demain vont ranimer encore
Celle qui touchait à sa fin.

Et cette famille éplorée !
Ces petits oiseaux innocents !
Au souffle glacé de Borée,
Tristes, muets et languissants,
Eh bien ! Zéphyr et son haleine
Rouvrent la carrière aux beaux jours,
Et les prés, les bois et la plaine
Se parfument de chants d'amours.

Si dans le fort de la tourmente
Les flots, bondissant sur les flots,
Saisissent, glacent d'épouvante
Le cœur des hardis matelots,
Un vœu pieux de l'équipage
Suscite un solennel effort,
Et le vaisseau dompte l'orage,
Et plein de joie il vole au port.

Ami, dans ta philosophie

Mets ce chapitre gracieux,
Ce pur dictame de la vie,
Et dis dans les jours soucieux :
Après les effrayants orages
Naissent des jours pleins de douceur ;
Après l'hiver et ses ravages
Le printemps ramène les fleurs.

CAQUETAGE D'UN VIOLIER D'HIVER

A L'OCCASION D'UNE VISITE QU'UN FASHIONABLE LUI AVAIT RENDUE.

12 FÉVRIER 1848.

Objet des soins d'un solitaire,
Malgré neige, borée, aquilons et frimas,
En tout temps je produis mille fleurs sous ses pas,
Dans le seul désir de lui plaire ;
Et voilà qu'on me trouve aux cités des appas,
A moi fleur des gazons, si simple et si petite !
Serait-il encor vrai qu'on cherche le mérite ?
J'entends dire, pourtant, qu'on en fait peu de cas.

L'éclat et le vain bruit, le faste et la richesse
Sont, à ce que l'on dit, les idoles du jour,
Et l'on va peu faire sa cour

A ceux qui n'ont que la sagesse
Et la vertu pour tout amour,
A ceux que l'injustice blesse.
Naguerre on disait près de moi :
« Thyrcis à la jeune Lucette,
« Si touchante et si douce, avait promis sa foi,
« Et Thyrcis, aujourd'hui, lui préfère Perrette,
« Fille fausse et maligne, une franche coquette,
« En qui toute vertu n'est point de bon aloi ;
« Mais Perrette est riche, elle! et c'est tout le pourquoi.

« Le curé de certain village
« Est tous les jours chez Vildoré,
« Franc filou, vil fripon et Tartufe avéré,
« Qui se dit un grand personnage ;
« Mais Ariste, si bon et si juste et si sage,
« Vit triste et solitaire et du monde ignoré,
« Et n'a jamais chez lui vu venir son curé :
« C'est qu'Ariste n'a pas la fortune en partage. »
Ainsi le vice heureux en tout est préféré ;
Ainsi la vertu pauvre est un triste apanage.

Pourtant on nous recherche.... A parler sans détours,
Si l'on trouve aux cités mille fleurs bien plus belles,
Comme des faux amis, sans doute, il est vrai d'elles
Que l'on ne les voit qu'aux bons jours.
Pour nous, aux jours mauvais on nous trouve toujours ;
Comme les vrais amis nos parfums sont fidèles.
Enfin, l'on nous recherche, et j'en conçois l'espoir
Qu'aux pieds bientôt l'on va fouler la vaine idole,

Et qu'ils préfèreront à tout l'or du pactole,
La vertu.... le mérite..... Ah ! puissé-je le voir !!!

Après un revers de fortune aussi grand que peu mérité, Mlle C. D., restée seule auprès de sa mère, lui adresse ce compliment le jour de sa fête :

O mère, permets à ta fille
De te fêter en ce beau jour !
Que ne peut toute la famille
Comme moi payer ton amour !

Le trop funeste oiseau de proie,
Loin du nid fit fuir les petits ;
Seule ici, que mes chants de joie
Te fassent oublier leurs cris.

Leurs cris !.... oh ! je me trompe, ô mère !
Quoiqu'au loin, tes fils sont heureux,
Ecoutons !.... j'entends la prière
Offrant à Dieu pour toi leurs vœux.

« Seigneur ! donne joie et bien-être
« A ceux dont j'ai reçu le jour !
« A mon cœur ils t'ont fait connaître ;
« Tu peux seul payer leur amour. »

Un jour... bientôt... oui, je l'espère,

Loin de toi tous chagrins bannis,
Ce doux foyer, près de leur mère,
Verra tous tes fils réunis.

Sans plus craindre l'oiseau de proie,
Tous les ans fêtant ce beau jour,
Tu verras, pour combler ta joie,
Tous tes fils payer ton amour.

Mon cœur de la dette sacrée
Jusque-là doit porter le poids ;
Permets, ô mère révérée,
Que je t'embrasse mille fois.

Si le bonheur, sur cette terre,
Peut naître d'un parfait amour,
Qui mieux que toi, ma douce mère,
Doit être heureuse dans ce jour?

LES FLEURS ET LE SERPENT,

FABLE.

Dans un délicieux parterre
Brillaient trois des plus douces fleurs;
Leur arôme parfait, caressantes vapeurs,
Que répandait au loin leur corolle légère,
En flattant l'odorat, réjouissait les cœurs.

Leur forme gracieuse et leurs vives couleurs,
Et cette fraîcheur printanière,
Dont la brise en avril orne en tous lieux la terre,
Du solstice brûlant affrontaient les ardeurs
Et les flots dévorants d'un torrent de lumière.

Cet éclat, ces parfums, offensèrent les yeux
D'un vil et noir serpent caché sous la verdure ;
Contre elles dirigeant le venin dangereux
De son souffle empesté, de son haleine impure
Il prétendit ternir cet éclat précieux ;

Mais soudain, contre lui, dardant du haut des cieux
Les rayons bienfaisants d'une bénigne flamme,
Le soleil protégea l'ornement de ces lieux
Et contraignit ce monstre infâme
A fuir, triste et confus, vers son repaire affreux.

Dans tous les temps, hélas ! l'horrible calomnie
Distilla son venin sur la plus belle vie ;
Mais tôt ou tard aussi, la céleste clarté
Du soleil de la vérité
Dissipe les vapeurs dont elle est obscurcie.

Tôt ou tard la malignité
Voit réduire au néant sa rage et sa furie ;
Tôt ou tard le lacet que la main de l'impie
Contre l'humble vertu, dans l'ombre, a médité,
L'étreint lui-même, un jour, d'un réseau d'infamie ;
Et l'injuste périt par son iniquité.

UN CARTEL.

A M. A. M.

JANVIER 1849.

Au doux printemps, près du rivage,
N'entendis-tu pas quelquefois
Le roi des chantres du bocage
Jouant avec sa belle voix ?

Charmé qu'une autre voix pareille
Ait reproduit son frais refrain,
Il se recueille.... une merveille
Est ajoutée au chant divin.

L'autre redit la mélodie,
Varie.... augmente.... et tour-à-tour
Les flots d'une pure harmonie
Coulent et la nuit et le jour.

Ami, que n'en est-il de même
Dans notre art si charmant des vers ?
Mais de l'homme, ô folie extrême !
Vois combien son cœur est pervers !

Ta muse a fait une merveille :
Un chant gracieux, noble et doux.
Ce doux chant blesse son oreille !!!
L'homme s'irrite !... il est jaloux !!!

Du petit chantre du bocage
S'il suivait les aimables lois,
Ton chant devrait, s'il était sage,
Donner plus de timbre à sa voix.

L'insensé ! les fleurs, la verdure,
Les prés, les bois, les frais gazons,
Le ruisseau qui fuit et murmure,
N'ont plus de place en ses chansons.

Un démon, désormais, l'inspire !
Tous ses chants sont imbus de fiel.
Dieu, quel noir forfait ! de médire
Avec un don si doux du ciel !

Fuyons un si coupable usage ;
Soyons émules, non rivaux ;
Aimons à retrouver l'image
De nos plus gracieux tableaux.

Le Dieu qui nous donna la vie
Nous a comblés des mêmes dons :
Tu cultives la poésie,
Je m'essaie aux douces chansons.

Eh bien ! pour chanter ses louanges,
Unissons ton luth et ma voix,
Et les hymnes sacrés des anges
Auront un écho dans nos bois.

Et que l'homme, double en son être,

L'homme incorruptible et mortel,
Dans nos chants apprenne à connaître
Le Dieu seul grand, seul éternel.

Poussés par la reconnaissance,
Ivres d'amour ou pleins d'effroi,
Chantons toujours en sa présence
Le grand.... l'éternel : Gloire à toi !

LES QUATRE SAISONS

DE LA VIE D'UN POÈTE.

JANVIER 1849.

Le Printemps.

Que j'aime la douce harmonie !
Mais le mal ronge mon printemps ;
Et tes ailes, ô mon génie,
S'usent dès mes plus jeunes ans.
Sous les serres de la souffrance,
Comment prendrais-je un noble essor ?
Oh ! merci, divine espérance !
Tu me promets des ailes d'or.

L'Eté.

L'injustice et la calomnie,

Monstres que l'enfer irrité
Vomit un jour dans sa furie,
S'acharnent sur mon triste été !
En proie à leur horrible rage,
Comment prendrais-je un noble essor ?
O mon Dieu ! soutiens mon courage
Et donne-moi des ailes d'or !

L'Automne.

Riche automne, tes jours fertiles
Comblent de cent dons enchanteurs !
Pourquoi les miens sont-ils stériles,
Quand mon printemps eut tant de fleurs ?
Dans les chaînes de l'indigence,
Comment prendrais-je un noble essor ?
Tu me fuis, trompeuse espérance !
Dieu !.... puis-je avoir des ailes d'or !

L'Hiver.

De ma souffreteuse jeunesse,
L'espoir était le doux soutien ;
Que sera ma froide vieillesse ?
Plus d'espoir !.... infirme.... et sans bien.
Bientôt, libre enfin, mon génie,
Tu vas prendre un rapide essor !
Oh ! pour voler vers ma patrie,
Dieu, donne-moi des ailes d'or !

MON PORTRAIT.

Après avoir lu mon ouvrage,
Sans doute, ami lecteur, vous serez curieux
De connaître mon personnage.
Eh bien! dans ces trois vers me voici sous vos yeux :

Philosophe par goût, et par humeur volage,
Un jour triste, un jour gai, tantôt fou, tantôt sage,
Et de toute injustice ennemi furieux :
C'est mon portrait, c'est moi, tel que m'ont fait les cieux.

FIN.

www.ingramcontent.com/pod-product-compliance
Ingram Content Group UK Ltd.
Pitfield, Milton Keynes, MK11 3LW, UK
UKHW020932180726
13838UKWH00002B/898

9 782329 392776